La carrera del sapo y el venado

Mito maya

PAT MORA

Ilustraciones

DOMI

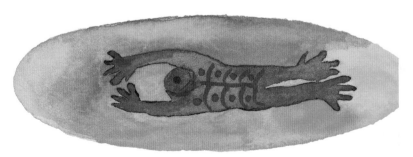

Un Libro Tigrillo   Groundwood Books   Toronto Vancouver Berkeley

Nota: La autora escuchó este cuento de boca de don Fernando Tusucún, restaurador albañil en la excavación arqueológica de Tikal, en Guatemala. Don Fernando, quien ha estado trabajando para documentar su lengua nativa itzaj maya, también se desempeña como guía de los académicos que visitan la selva y las pirámides de Tikal.

A Teresa Mckenna y
Tey Diana Rebolledo,
mis amigas en la carrera.
— P. M.

© 2001 Texto de Pat Mora
© 2001 Ilustración de Domi
© 2001 Traducción de Claudia M. Lee
Primera edición en rústica 2004

Groundwood Books / Douglas & McIntyre
720 Bathurst Street, Suite 500
Toronto, Ontario M5S 2R4

Distribuído en los Estados Unidos de América por
Publishers Group West
1700 Fourth Street
Berkeley, CA 94710

National Library of Canada Cataloguing in Publication
Mora, Pat
La carrera del sapo y el venado
Translation of: The race of toad and deer.
"Un libro tigrillo".
ISBN 0-88899-435-4 (bound).–ISBN 0-88899-650-0 (pbk.)
1. Toads — Folklore. 2. Deer — Folklore. 3. Folklore — Guatemala. I. Domi.
II. Ramírez, Claudia Lee. III. Title.
PZ74.1.M668Ca 2001   j398.2'0972810452787   C00-932995-1

Diseño de Michael Solomon
Impreso y encuadernado en China

LA LUNA se levantaba despacio sobre la selva, mientras el
sapo Much y sus amigos cantaban y cantaban en su charco
preferido. Cantaban tan alto que no escucharon que una criatura
muy grande se acercaba.

"¡Silencio, paren ya el alboroto!", gruñó Keej, el venado más grande de la selva. "Me gusta la calma cuando tomo agua".
A todos los sapos les dio rabia y miedo, menos a Much que siguió cantando.

"¡Dije silencio!", regañó Keej. "Yo mando en esta selva, soy el más grande y el más rápido".

"Pero no más rápido que yo", protestó Much con voz firme y estiró el cuello.

Keej se rio. "Querido tío Much, apostemos una carrera mañana y veremos quién gana".

Apenas se levantó el sol sobre la verde selva, los loros anunciaron la noticia. "¡Habrá carrera hoy! ¡Carrera! ¡Carrera hoy!"

"¿Quiénes correrán?", preguntaron los monos araña columpiándose de rama en rama. "¿Quiénes correrán?"

A la sombra, el jaguar bostezó: "Much y Keej correrán hoy".

"¡Sí, Much y Keej correrán hoy!", chillaron los monos araña.

Los loros y los monos se escondieron entre los árboles para mirar cómo Keej contemplaba su reflejo en el lago. "Soy el más rápido de la selva", se decía levantando la cabeza orgullosamente. "Mis piernas son más veloces que el viento. Siempre gano".

En la otra punta del lago, Much saludaba a sus amigos haciendo una pequeña venia: "Buenos días tengan todos".

"Buenos días, Much", le contestaron.

"¡Podrás ganar la carrera, estamos seguros!", le decían saltando de aquí para allá entusiasmados.

"Sólo podré ganar si ustedes me ayudan", les dijo Much.
"¿Me ayudarán?"

"Claro, para eso somos tus amigos", croó despacio un viejo
sapo. "Por supuesto que te ayudaremos a ganar, tú eres
inteligente y para todo tienes un plan. ¿Qué tenemos que
hacer?"

"Acérquense y les diré", susurró.

Al atardecer, mientras el sol se escondía, los loros
llamaban: "¡Ha llegado la hora de la carrera! ¡Carrera! ¡Carrera!"
Todos los animales de la selva llegaron ansiosos a ver qué
pasaba. Los tucanes y las mariposas volaron presurosos entre los
árboles, los monos araña avanzaron columpiándose de rama en
rama; los armadillos, las javelinas, los osos hormigueros, las
iguanas y los perros de monte corrieron entre la selva húmeda
para ver de cerca.

En un dos por tres, tapires, cocodrilos de ojos grandes,
faisanes y pavos salvajes se formaron a lo largo del camino
mientras gritaban, "¡Buenas tardes, buenas tardes!", a los
jaguares que se habían acostado encima de las ramas para mirar
desde arriba. Los sapos se escondieron entre las hojas y raíces
del camino, listos para ayudar a su amigo.

"¿Listo, tío Much?", le preguntó Keej, pateando el polvo, sacando pecho y mirándolo con desdén.

"¡Listo, tío Keej!", le gritó Much limpiándose el polvo de los ojos y estirando el cuello.

El viejo tucán gritó: "¡YA!"

Much y Keej salieron corriendo y después de unos pocos saltos Keej volteó la cabeza para gritarle a Much: "¡Adelante, tío Much, adelante!"

Pero cuál fuera su sorpresa cuando un poco más adelante escuchó la voz de un sapo que le contestaba: "¡Adelante, tío Keej, adelante!"

Confundido, Keej corrió más rápido tratando de alcanzarlo.

Much que venía detrás seguía avanzando a paso constante
mientras escuchaba las voces de aliento: "¡Dale, Much, dale!"

Keej le gritó de nuevo: "¡Adelante, tío Much!", y otra vez
volvió a escuchar una voz más adelante croando: "¡Adelante, tío
Keej!"

Saltando y saltando, Much seguía avanzando. Keej corría cada vez más rápido y aunque las piernas le comenzaron a doler, siguió saltando más y más lejos, sintiéndose más y más cansado. Jadeó una vez más: "¡Adelante, tío Much!"

De nuevo volvió a escuchar más allá la voz de un sapo: "¡Adelante, tío Keej!"

Cuando por fin Keej vio la meta final, ya tenía la lengua afuera y sus piernas fuertes temblaban sin parar. Jadeaba tanto de correr tan rápido y saltar tan alto que apenas se podía mover.

Much escuchaba voces de aliento: "¡Dale, Much, dale!", mientras seguía avanzando, saltando y saltando. Y saltando y saltando, Much pasó al lado del cansado y arrogante Keej que trataba de tomar aire, y cuando estaba casi en la meta le llamó: "¡Adelante, tío Keej!"

"¡Ganó Much! ¡Ganó Much!", gritaban los animales de la selva.
Much hizo una pequeña venia a todos sus amigos y les dijo:
"¡Ganamos la carrera amigos! ¡Ganamos juntos la gran carrera!"

Tucán le pidió a Keej que se acercara para coronar la
pequeña cabeza de Much, y éste, arrastrando las patas muy
despacio, avanzó sin ninguna prisa.

De repente, Keej escuchó el croar de muchos sapos
animándolo a seguir: "¡Adelante, tío Keej, adelante!"